AVENTURES DE LA NUIT DE SAINT SYLVESTRE

PAR

HOFFMANN

PRÉFACE DE
CHAMPFLEURY
TRADUCTION DE GÉRARD DE NERVAL
VIGNETTES EN COULEURS DE
BOUCHER

CURIOSITÉS LITTÉRAIRES

ÉDITIONS DE LA BANDEROLE
A PARIS, 30, RUE DE PROVENCE

AVENTURES DE LA NUIT DE SAINT SYLVESTRE

AVENTURES DE LA NUIT DE SAINT SYLVESTRE

par

HOFFMANN

Préface de

CHAMPFLEURY

Traduction de GÉRARD DE NERVAL

et

vignettes en couleurs de

BOUCHER

ÉDITIONS DE LA BANDEROLE

PRÉFACE

DE

CHAMPFLEURY

Il y a dans Jean-Paul Richter une pensée que je n'ai jamais pu lire sans qu'aussitôt la personne d'Hoffmann ne me revint à la mémoire : « L'âme de quelques hommes est trop frêle et trop délicate pour ce monde de ténèbres; il en est de même du corps de quelques autres qui ne peuvent vivre que dans la température qui convient aux colibris, dans la vallée du Tempé, ou au milieu des plus doux zéphyrs : *Un esprit délicat et un corps délicat, lorsqu'ils se trouvent réunis, s'usent réciproquement.* » Que peut-on ajouter après cette belle pensée ? Allez demander à de pareilles natures de s'associer aux *intérêts de l'humanité*, un de ces grands mots dont abusent les gens creux. Hoffmann est *humain*, quoiqu'il soit plongé dans les délicatesses des arts et qu'il ne semble vivre que de poésie, de peinture et de musique. « Les péripéties de l'histoire de l'humanité, dit excellemment M. Degeorge, n'avaient pas pour le fantastique Hoffmann l'attrait des péripéties de l'âme humaine considérée individuellement, dans ses souffrances, ses joies, ses aspirations brûlantes vers l'idéal, dans ses efforts pour se dégager des chaînes terrestres. C'est là un crime à notre point de vue actuel; nous n'en ferons pas trop fort le reproche au *bon Hoffmann*, comme il s'appelle lui-même. »

On rencontre en effet force bavards qui parlent de la décadence de la société, de l'abaissement des nations, de la chute des arts et des lettres, de l'égoïsme du XIXe siècle et de mille autres choses qui servent de thème à leur ignorance : ces êtres-là sont ceux qui se prétendent *humains;* dites-leur que vous ne comprenez rien à leurs paroles creuses, vous n'êtes pas tout à fait *inhumain*, mais vous passez pour un homme léger, futile, et qui ne vaut pas plus que le fétu de paille enlevé par le vent.

Hoffmann était *humain;* j'en appelle à ses correspondances intimes adressées à ses amis. Quoique livré profondément aux arts, il accomplissait contre son gré, il est vrai, son devoir au tribunal, et il l'accomplissait bien : témoin le *Protocole des séances du 2 juin* 1822, où le conteur fantastique nous apparaît en juge d'instruction rédigeant avec méthode et précision le rapport d'un crime qui doit servir de base à l'accusation des magistrats.

Les arts ont un peu nui à Hoffmann, en ce qu'ils l'ont détourné de sa route de poëte. Un romancier, un conteur n'a pas le droit de se dissiper de côté et d'autre; et sauf certains génies italiens, on a vu rarement, dans les époques modernes, un peintre, un musicien, un poëte loger sous le même bonnet. Mais la musique a servi à Hoffmann, en ce qu'elle l'a entraîné à des tentatives nouvelles et qu'on aurait cru impossibles à la littérature, c'est-à-dire qu'il a presque réalisé une *littérature symphonique*. Quelques-unes de ses fantaisies sont purement sonores et s'adressent plutôt à l'oreille qu'à l'esprit, jusqu'à ce qu'une petite ironie vienne tout à coup détruire cet opiacé mélodique, pour ramener le lecteur à la terre ferme du conte.

La caricature, l'art du dessin, qu'Hoffmann, du reste, pratiqua avec beaucoup plus de modération que l'art musical, servit cependant davantage au conteur. Par la vivacité du croquis, Hoffmann apprit à décrire un personnage en une phrase, quelquefois en un mot comme avec un coup de crayon. Au lieu de ces interminables descriptions de physionomies, d'habits, etc., qui mettaient si justement Stendhal en fureur, on voit circuler dans les *Contes fantastiques* desquantités de personnages grotesquesquines'oublientjamais.

Il n'est personne en France qui ne connaisse la nouvelle qui a pour titre *la Nuit de la Saint Sylvestre*, cette nouvelle où l'*homme au reflet perdu* se rencontre avec l'*homme qui a perdu son ombre*. Au début de ce chef-d'œuvre, un jeune étudiant, en soirée chez un conseiller de justice, rencontre *Julie*, une femme aimée; il réussit à la joindre dans un petit cabinet éclairé seulement par une lampe d'albâtre, et là, assis sur une ottomane, il lui tient la main et la couvre de regards passionnés.

« En ce moment une sotte figure aux jambes d'araignée, avec des yeux de crapaud à fleur de tête, passa en chancelant et riant bêtement, s'écria d'une voix aigre et glapissante : « Où diantre s'est donc fourrée ma femme ! »

Ces trois lignes détachées brusquement conservent-elles leur vivacité ? Au milieu du conte, à travers cette scène d'amour dans un boudoir, ce terrible mari aux *yeux de crapaud*, aux *jambes d'araignée*, fait presque frissonner. Jamais on ne rencontra de mari plus affreusement étrange. On le voit par la citation, il n'y a rien là de *fantastique*, tout est dans la manière de décrire les physionomies, les objets.

Quand, dans le même conte, on voit rouler presqu'en bas des escaliers de la Cave un inconnu, qui s'écrie : « *Ayez la bonté de couvrir votre miroir!* » cette simple phrase est un trait de génie; elle étonne, elle inquiète, elle saisit l'attention. L'homme qui a prononcé un tel mot n'est pas un buveur ordinaire. Aussitôt, pour le lecteur, tout ce qui entoure cet homme devient *fantastique*. C'est en France que nous avons trouvé le mot *fantastique*, à cause de l'étonnement et de la stupéfaction dans laquelle nous tenaient certaines œuvres d'Hoffmann et particulièrement *la Nuit de la Saint Sylvestre*, un des contes les plus populaires entre tous. Un peu d'ignorance se mêlait à notre opinion : la fameuse *cave* dans laquelle se trouvent réunis l'*homme aux reflets perdus* et l'*homme qui a perdu son ombre* a trompé énormément de gens, qui voyaient une véritable *cave* noire, pleine de tonneaux, éclairée vaguement par de mauvais suifs, avec une vieille table longue et boiteuse pour les buveurs de bière, de punch et de vin du Rhin ; mais il faut détruire une partie de ce merveilleux. Les caves de Berlin ne ressemblent en rien aux caves de Berne, où à dix heures du matin on allume la chandelle, où des montagnes de tonneaux servent de lambris, où les paysans trinquent avec les filles débauchées qui emplissent la ville, où, si l'on ne voit pas le voisin qui vous coudoie, on entend sa chanson allemande. Voilà la cave des contes d'Hoffmann telle que nous nous la figurons en France; celles de Berlin n'y ressemblent guère : ce sont de petits salons bien éclairés, avec du papier à fleurs, des glaces, de petits cafés presque parisiens, quand on a descendu une quinzaine de marches.

Le merveilleux est-il détruit par cette réalité? L'Alhambra, dont nous rêvons les murs revêtus de marbre et de porphyre, en est-il moins l'Alhambra parce que les murs sont de plâtre? Point; il reste assez de merveilleux dans l'œuvre d'Hoffmann pour sauver les petits cafés *bourgeois* de Berlin. D'ailleurs ne vous laissez pas prendre aux tricornes posés de travers, aux perruques élancées, aux nez de perroquet, aux habits de peluche violet tendre à boutons d'acier dont le conteur affuble une grande partie de ses acteurs, c'est là seulement l'enveloppe qui nous séduit et nous tire l'œil dès l'abord; mais il faut les voir marcher, agir, se démener dans le drame, il faut peser chacun de leurs mots, sonder leur langage, et peu à peu, par une observation prolongée, on verra non-seulement les ridicules, mais de véritables passions emplir le corps de ces grotesques : c'est ce qui fait qu'Hoffmann, avec tous ses défauts, est un conteur de premier ordre.

J'ai dit *ses défauts*, car il faut tout montrer dans l'homme qu'on aime, ses défauts et même ses vices : c'est la meilleure façon de prouver qu'on l'aime.

AVENTURES
DE LA NUIT
DE SAINT SYLVESTRE

AVANT-PROPOS

Le voyageur enthousiaste, dont l'album nous fournit cette fantaisie à la manière de Callot, sépare visiblement si peu sa vie intérieure de sa vie extérieure, qu'on aurait peine à indiquer d'une manière distincte les limites de chacune; mais comme il est vrai que toi-même, bienveillant lecteur, tu n'as point de ces limites une idée bien précise, notre visionnaire te les fera peut-être franchir à ton insu, et ainsi tu te trouveras lancé tout à coup dans une région étrange et merveilleuse, dont les mystérieux habitans s'introduiront peu à peu dans ta vie extérieure et positive; de sorte que vous serez bientôt ensemble à tu et à toi, comme de vieux compagnons. Accepte-les pour tels, et accommode-toi à leurs singulières allures, de manière à supporter sans peine les légers saisissemens que leur commerce immédiat pourra quelquefois te causer : je t'en prie de toutes mes forces, bienveillant lecteur. Que puis-je faire de plus pour le voyageur enthousiaste, à qui sont arrivées déjà, en divers lieux, et particulièrement à Berlin, dans la soirée de Saint Sylvestre, tant de singulières et folles aventures?

CHAPITRE I

LA BIEN-AIMÉE

I

J'avais la mort dans l'âme, la froide mort, et je croyais sentir comme des glaçons aigus s'élancer de mon cœur dans mes veines ardentes. Egaré, je me précipitai, sans manteau, sans chapeau, au sein de la nuit épaisse, orageuse. Les girouettes grinçaient, il semblait que l'on entendît se mouvoir les rouages éternels et formidables du temps, comme si la vieille année allait, telle qu'un poids énorme, se détacher et rouler sourdement dans l'abîme. Tu sais bien que cette époque, Noël et le nouvel an, que vous accueillez, vous, avec une satisfaction calme et pure, vient toujours me précipiter, hors de ma paisible demeure, dans les flots d'une mer écumante et furieuse.

Noël!... ce sont des jours de fête dont l'éclat aimable me séduit long-temps d'avance; à peine puis-je les attendre. Je suis meilleur, plus enfant que tout le reste de l'année; mon cœur, ouvert à toutes les joies du ciel, ne peut nourrir aucune pensée noire ou haineuse; je redeviens un jeune garçon, avec sa joie vive et bruyante. Parmi les étalages bigarrés, éclatans, des boutiques de Noël, je vois des figures d'anges me sourire, et, à travers le tumulte des rues, les soupirs de l'orgue saint m'arrivent comme de bien loin; *car un enfant nous est né!* Mais, la fête achevée, tout ce bruit s'abat, tout cet éclat se perd dans une sourde obscurité. A chaque année, toujours des fleurs qui se flétrissent, et dont le germe se dessèche, sans espoir qu'un soleil de printemps ranime jamais leurs rameaux! Certes, je sais fort bien cela; mais une puissance ennemie, chaque fois que l'on touche à sa fin, ne manque jamais de me le rappeler avec une satisfaction cruelle: « Vois, murmure-t-elle à mon oreille, vois combien de plaisirs, cette année, t'ont abandonné pour toujours! Mais aussi tu es devenu plus sage, tu n'attaches désormais aucun prix à des divertissemens frivoles, te voilà de plus en plus un homme grave, un homme sans plaisir. »

Le diable me réserve toujours pour le soir de Saint Sylvestre, un singulier régal de fête : il prend bien son temps, puis s'en vient, avec un rire odieux, déchirer mon sein de ses griffes aiguës et se repaître du plus pur sang de mon cœur. Il se sert à cet effet de tout ce qui se présente, témoin hier encore le conseiller de justice, qui se trouva être l'instrument qu'il lui fallait. Il y a toujours chez lui (chez le conseiller,) grande réunion le soir de Saint Sylvestre; il a la fureur alors de vouloir ménager à chacun une surprise agréable pour la nouvelle année, et s'y prend d'une manière si gauche et si stupide que tous les plaisirs qu'il avait imaginés, à grand'peine, aboutissent d'ordinaire à un désappointement ridicule et pénible. Dès que j'entrai dans l'antichambre, le conseiller de justice se hâta de venir à ma rencontre, m'arrêtant à la porte du sanctuaire, d'où partaient les vapeurs du thé accompagnées de parfums exquis; il sourit d'une façon singulière et me dit, avec tout l'air de finesse bienveillante qu'il put se donner : « Mon bon ami, mon bon ami, quelque chose de délicieux vous attend dans le salon... une surprise admirable ! digne de la belle soirée de Saint Sylvestre. N'allez pas vous effrayer ! »

Ces mots me tombèrent lourdement sur le cœur ; de sombres pressentimens s'en élevèrent, et je me sentis cruellement oppressé. Les portes s'ouvrirent, je me précipitai rapidement dans le salon, et sur le sopha, au milieu des dames, *son* image radieuse s'offrit à moi. C'était *elle... elle*-même que je n'avais point vue depuis tant d'années ! Tous les heureux momens de ma vie repassèrent soudain dans mon âme comme un éclair rapide et puissant.

Plus d'éloignement funeste ! bien loin même l'idée d'une séparation nouvelle !

Par quel hasard merveilleux se trouvait-elle de retour? quel rapport existait-il entre elle et la société du conseiller, qui ne m'avait jamais appris qu'il la connût? Je ne m'arrêtai point un instant à ces pensers... je la retrouvais enfin! Immobile, tel qu'un homme frappé de la foudre, voilà comme j'étais sans doute; le conseiller me poussa doucement : « Allons, mon ami! mon ami! » Machinalement, je m'avançai; mais je ne voyais qu'*elle*, et de mon sein oppressé ces mots purent s'échapper à peine : « Mon Dieu! mon Dieu! Julie ici! » J'étais auprès de la table à thé; ce fut alors seulement que Julie m'aperçut. Elle se leva et me dit, du ton qu'on parlerait à un étranger : « Je me réjouis beaucoup de vous rencontrer ici. Votre santé paraît bonne! » Puis elle se rassit, et s'adressant à une dame auprès d'elle : « Aurons-nous au théâtre quelque chose d'intéressant la semaine qui vient? »

Tu t'approches d'une fleur charmante qui éclatait à tes yeux au milieu de parfums suaves et voluptueux, mais, au moment où tu te penches pour en admirer les vives couleurs, voilà qu'un froid et venimeux basilic s'élance de sa corolle enflammée pour te lancer la mort avec ses yeux perfides... c'est ce qui venait de m'arriver. Je saluai gauchement les dames, et, pour ajouter encore le ridicule à ma profonde douleur, je coudoyai, en me retournant rapidement, le conseiller de justice, qui se trouvait derrière moi, et lui jetai hors des mains une tasse de thé fumant sur son jabot admirablement bien plissé; on rit de l'infortune du conseiller et plus encore de ma maladresse. Ainsi tout, ce soir-là, tendait à me rendre excessivement bouffon, et je me résignai, en homme, à ma destinée. Julie n'avait point ri; mes regards égarés rencontrèrent les siens, et ce fut comme si un rayon du bonheur d'autrefois, de cette vie toute d'amour et de poésie, revenait me sourire encore.

Quelqu'un qui commença à improviser sur le piano, dans la chambre voisine, mit alors en mouvement toute la société. C'était, disait-on, un virtuose étranger, nommé Berger, qui jouait divinement, et à qui l'on devait toute son attention. « Ne fais donc pas sonner ainsi ta cuiller à thé, Mimi! » s'écria le conseiller; et, inclinant légèrement la main du côté de la porte, il invita les dames avec un agréable « eh bien? » à s'approcher du virtuose. Julie aussi s'était levée et se dirigeait lentement vers la salle voisine. Tout en elle avait pris je ne sais quel caractère étrange; il me sembla qu'elle était plus grande qu'autrefois et que ses formes s'étaient développées de manière à ajouter merveilleusement à sa beauté. La coupe singulière de sa robe blanche et surchargée de plis, qui ne couvrait qu'à moitié sa gorge, son dos et ses épaules, ses vastes manches qui se rétrécissaient aux coudes, sa chevelure séparée sur le front et répandue derrière sa tête en tresses multipliées, lui donnaient quelque chose d'antique; elle rappelait les Vierges des peintures de Miéris;... et pourtant il me semblait avoir vu quelque part, de mes yeux bien ouverts, cet être en qui Julie s'était transformée. Elle avait ôté ses gants et rien ne lui manquait, pas même les bracelets d'un merveilleux travail, attachés au-dessus de la main, pour ressembler complètement à cette image d'autrefois, qui m'assaillait toujours plus vivante et plus colorée.

Julie se tourna vers moi avant d'entrer dans le salon voisin, et je crus m'apercevoir que cette figure angélique, jeune et pleine de grâce, se contractait dans une amère ironie : quelque chose d'horrible, de délirant, s'empara de moi et fit frémir convulsivement tous mes nerfs. « Oh! il joue divinement bien! » murmura une demoiselle, animée par une tasse de thé bien sucré; et je ne sais comment il se fit que son bras se trouva passé dans le mien et que je la conduisis, ou plutôt qu'elle m'entraîna dans la salle voisine. Berger faisait alors mugir le plus furieux ouragan; ses accords puissans s'élançaient et retombaient comme les vagues d'une mer en furie : cela me fit du bien. Julie se trouvait à mon côté et me disait de sa voix d'autrefois, la plus douce et la plus tendre : « Je voudrais te voir au piano et que tu chantasses l'espérance et le bonheur qui sont passés! » L'ennemi s'était retiré de moi, et, dans ce seul mot : Julie! j'aurais voulu exprimer toute la félicité du ciel qui me revenait. D'autres personnes, en passant entre nous, m'éloignèrent d'elle. Il était clair qu'elle m'évitait maintenant; mais je parvins, tantôt à respirer sa douce haleine, tantôt à effleurer son vêtement, et l'aimable printemps, que j'avais cru à jamais passé, ressuscitait paré de couleurs éclatantes. Berger avait laissé s'abattre la tempête; le ciel s'était éclairci, et, semblables aux petits nuages dorés du matin, de vaporeuses mélodies nageaient mollement dans le *pianissimo*. Le virtuose reçut, en terminant, des applaudissemens unanimes et bien mérités ; puis l'assemblée se mêla confusément, de sorte que je me retrouvai auprès de Julie. J'avais l'esprit animé, je voulus la saisir, l'embrasser, dans le transport de ma douloureuse passion, mais la maudite figure d'un valet importun surgit tout à coup entre nous deux. « Peut-on vous offrir?... » nous dit-il d'une voix désagréable, en présentant un vaste plateau. Au milieu des verres, remplis d'un punch fumant, s'élevait une coupe artistement ciselée, remplie de la même liqueur à ce qu'il paraissait. Comment cette coupe se trouva parmi ces verres, c'est ce que sait mieux que moi celui que j'apprends de plus en plus à connaître : celui qui, en marchant, décrit toujours avec son pied, comme *Clément* dans *Octavien*, des crochets fort bizarres, et qui aime par-dessus tout les manteaux rouges et les plumes rouges. Julie prit cette coupe ciselée qui brillait d'un éclat singulier, et me l'offrit en disant : « Recevras-tu encore ce breuvage de ma main aussi volontiers qu'autrefois ? » — « Julie! oh! Julie! » m'écriais-je en soupirant. En saisissant la coupe, j'effleurais ses doigts délicats, des étincelles électriques pétillèrent en parcourant mes artères et mes veines. Je buvais et je buvais toujours : il me semblait que de petites langues de feu bleuâtres voltigeaient à la surface du verre et autour de mes lèvres. La coupe était vidée, et j'ignore moi-même comment il se fit que je me trouvai dans un cabinet éclairé par une lampe d'albâtre, assis sur une ottomane, et Julie! Julie à mes côtés, qui me souriait avec son regard d'enfant... comme autrefois!...

Berger s'était remis au piano; il jouait l'andante de la sublime symphonie en mi bémol de Mozart, et, enlevée sur les ailes puissantes de l'harmonie, mon âme retrouvait ses plus beaux jours d'amours et de bonheur. Oui, c'était Julie! Julie elle-même, belle et douce comme les anges! Notre entretien, complainte d'amour passionnée, avait plus de regards que de paroles; sa main était dans la mienne : « Désormais je ne te quitte plus; ton amour est l'étincelle qui va rallumer en moi une vie plus élevée dans l'art et dans la poésie : sans toi, sans ton amour tout est froid, tout est mort! Mais n'es-tu donc pas revenue afin de m'appartenir pour toujours?... »

En ce moment il entra, en se dandinant lourdement, une longue figure, aux jambes d'araignée, avec des yeux sortant de la tête comme ceux des grenouilles, qui, souriant d'un air coquet, criait de sa petite voix aigre : « Mais où diantre est donc restée ma femme ! » Julie se leva et me dit, d'un ton de voix qui n'était plus la sienne : « Retournons vers la compagnie ; mon mari me cherche. Vous avez été encore fort amusant, mon cher ami : c'est toujours la même humeur fantasque et capricieuse qu'autrefois ; seulement ménagez-vous sous le rapport de la boisson. » Et le petit-maître aux jambes d'araignée lui prit la main ; elle le suivit, en riant, dans le salon.

« Perdue à jamais ! » m'écriai-je.

« Eh ! sans doute, Codille, mon cher ! » observa une bête qui jouait à l'ombre.

Je me précipitai dehors... dehors, dans la nuit orageuse...

CHAPITRE II

LA SOCIÉTÉ DANS LE CABARET

II

Il peut être fort agréable de se promener de long en large sous les tilleuls, mais non pas dans la nuit de saint Sylvestre, par un froid suffisant et une neige battante. C'est une réflexion que je fis étant nu-tête et sans manteau, quand je sentis un vent glacé envelopper mon corps tout brûlant de fièvre. Je traversai dans cet état le pont de l'Opéra, et passant devant le château, je me détournai et je pris par le pont des Écluses en laissant la Monnaie derrière moi. — J'arrivai dans la rue des Chasseurs, près du magasin de Thierman : les appartemens étaient fort bien éclairés; j'allais entrer, car j'étais transi de froid, et je sentais le besoin de m'abreuver à longs traits de quelque liqueur forte. En ce moment une société, tout animée d'une joie bruyante, se précipita hors de la maison : ils parlaient d'huîtres superbes et de l'excellent vin de la comète de 1811. « Il avait bien raison, s'écria l'un d'eux, que je reconnus pour un officier supérieur des hulans, celui qui l'an passé, à Mayence, pestait contre ces faquins d'aubergistes qui n'avaient pas voulu absolument, en 1794, lui servir de leur vin de 1811. » — Tous riaient à gorge déployée. J'étais allé involontairement quelques pas plus loin, et je me trouvais devant un cabaret éclairé d'une seule lumière. Le Henri V de Shakespeare ne se vit-il pas réduit un jour à un tel degré de lassitude et d'humilité, que la pauvre créature nommée *Petite-Bière* lui vint à l'esprit? Dans le fait, pareille chose m'arriva : j'avais soif d'une bouteille de bonne bière anglaise, et je descendis rapidement dans le cabaret.

« Que désirez-vous? » dit l'aubergiste, s'avançant d'un air agréable et la main à son bonnet : je demandai une bouteille de bonne bière anglaise, avec une pipe d'excellent tabac, et je me trouvai bientôt dans une quiétude si sublime que force fut au diable lui-même de me respecter et de me laisser quelque repos. — Oh! conseiller de justice! si tu m'avais vu, au sortir de ton brillant salon, dans un obscur cabaret, buvant, au lieu de thé, de la petite bière, tu te serais détourné de moi avec un orgueilleux dédain : « Est-il donc étonnant, aurais-tu murmuré, qu'un pareil homme soit dans le cas de ruiner les jabots les plus délicieux? »

Sans chapeau, sans manteau, je devais être pour ces gens un sujet d'étonnement. L'hôte avait une question sur les lèvres, quand on frappa à la fenêtre; une voix cria d'en haut: « Ouvrez, ouvrez, me voici! » L'hôte se hâta de monter et rentra bientôt, élevant dans ses mains deux flambeaux; un homme fort grand et fort maigre descendit après lui. En passant sous la porte fort basse, il oublia de se baisser et se heurta assez rudement; mais un bonnet noir en forme de barrette, qu'il portait, le préserva de tout accident. Il eut soin de passer le plus près possible de la muraille et s'assit en face de moi, pendant que l'on plaçait les lumières sur la table. On pouvait bien dire de lui qu'il avait un air distingué et mécontent: il demanda, d'un ton de mauvaise humeur, une pipe et de la bière, et à peine avait-il rendu quelques bouffées de tabac qu'un nuage épais de fumée nous enveloppa : sa figure avait au reste quelque chose de si caractéristique et de si attrayant que j'en fus charmé tout d'abord, malgré sa mine sombre. Sa chevelure noire et épaisse, séparée sur son front, se répandait des deux côtés en une profusion de petites boucles, ce qui lui donnait quelque ressemblance avec les portraits de Rubens.

Quand il se fut débarrassé de son vaste manteau, je m'aperçus qu'il était vêtu d'un kurtka noir avec des tresses nombreuses; mais ce qui me surprit davantage, c'est qu'il portait, par-dessus ses bottes, de fort belles pantoufles. Je remarquai cela pendant qu'il secouait sa pipe, fumée en cinq minutes. Notre conversation avait peine à se lier; l'étranger semblait très-occupé d'un grand nombre de plantes singulières qu'il avait tirées d'un étui, et qu'il examinait avec soin. Je lui témoignai mon étonnement de voir d'aussi belles plantes, et lui demandai, comme elles paraissaient toutes fraîches, s'il les avaient recueillies au jardin botanique ou chez Boucher. Il sourit d'une manière assez étrange et répondit : « Vous ne me paraissez pas fort sur la botanique, autrement vous ne m'auriez point aussi... » Il hésita ; j'ajoutai à demi-voix : « sottement... questionné, » termina-t-il d'un ton de franchise bienveillante : « Vous auriez, poursuivit-il, reconnu du premier coup d'œil que ce sont là des plantes alpestres qui ne croissent que sur le Chimborasso. »

L'étranger prononça ces mots presque à voix basse, et tu peux penser qu'ils me causèrent une singulière émotion. Les questions expiraient sur mes lèvres, mais une sorte de pressentiment s'élevait en moi, et je me figurai que si je n'avais pas *vu* souvent l'étranger je l'avais du moins souvent *rêvé*.

On frappa de nouveau à la fenêtre; l'hôte ouvrit, et une voix cria : « Ayez la bonté de couvrir votre miroir! » — « Ah! ah! dit l'hôte, c'est le général Suwarow, qui vient bien tard! »

L'hôte couvrit son miroir, et aussitôt sauta, avec une rapidité assez maladroite, ou mieux avec une légèreté assez pesante, un petit homme grêle, enveloppé d'un manteau d'une couleur brune singulière, qui formait mille plis et un grand nombre d'autres plus petits encore, et flottant autour de sa taille d'une manière si étrange qu'à la lueur des flambeaux on eût cru voir plusieurs formes se déployer et se replier sur elles-mêmes comme dans les fantasmagories d'Ensler. Il se mit à frotter ses mains, cachées dans ses longues manches et s'écria : « Froid! froid!

oh! qu'il fait froid! en Italie c'est bien différent! bien différent!... » Il finit par prendre place entre moi et mon grand voisin, disant : « Cette fumée est insupportable!... Tabac contre tabac!... si j'avais une prise seulement... » La tabatière de métal poli dont tu m'as fait cadeau se trouvait dans ma poche; je la tirai afin d'offrir du tabac au petit étranger. A peine l'aperçut-il qu'il la repoussa violemment des deux mains, en s'écriant : « Loin! bien loin cet odieux miroir!... »

Sa voix avait quelque chose d'effrayant, et quand je le regardai, tout étonné, il était entièrement différent de ce qu'il m'avait paru d'abord. Il avait sauté dans la salle avec une physionomie agréable et toute jeune, mais il présentait maintenant le visage ridé, pâle comme la mort, d'un vieillard aux yeux caves. Saisi d'effroi, je m'élançai vers le plus grand des deux étrangers : « Au nom du ciel, regardez donc! » allais-je m'écrier; mais lui, absorbé dans l'examen de ses plantes, n'avait rien vu de ce qui venait de se passer, et dans le même instant, le petit cria: « Vin du Nord! » avec son ton un peu précieux. Bientôt l'entretien commença entre nous; le petit me déplaisait assez, mais le grand savait parler sur les choses les moins importantes en apparence avec beaucoup de profondeur et d'agrément, quoiqu'il eût à lutter sans cesse contre une langue qui n'était pas la sienne, et qu'il se servît souvent de mots impropres, ce qui, du reste, donnait à son langage une originalité piquante; de sorte que tout en m'inspirant pour lui-même un sentiment d'estime et d'amitié, il affaiblissait aussi l'impression désagréable que le petit homme m'avait fait éprouver.

Ce dernier semblait supporté par des ressorts, car il s'agitait çà et là sur sa chaise, gesticulant beaucoup des mains; — mais une sueur glacée découla de mes cheveux sur mon dos, quand je m'aperçus clairement qu'il me regardait avec deux visages différens; et surtout il considérait souvent, avec son vieux visage, quoique moins horriblement qu'il ne m'avait fixé d'abord, l'autre étranger, dont l'air paisible contrastait avec sa perpétuelle mobilité.

Dans cette mascarade de notre vie d'ici-bas, souvent l'esprit regarde avec des yeux pénétrans au travers des masques et reconnait ceux qui sont de sa famille; c'est de cette manière que, si différens du reste des hommes, nous nous regardâmes et nous reconnûmes tous trois dans ce cabaret. Dès lors, notre entretien prit ce caractère sombre qui ne convient qu'aux âmes blessées à mort pour jamais: « C'est encore un clou, dans cette vie, dit le grand. — Ah Dieu! repris-je, le diable n'en a-t-il pas enfoncé partout à notre intention? Dans les murs de nos demeures, dans les bosquets, dans les buissons de roses... où pouvons-nous passer sans y laisser accroché quelque lambeau de nous-mêmes? Il semble, mes dignes compagnons, que nous ayons tous perdu quelque chose de cette manière: moi, par exemple, il me manque cette nuit mon chapeau et mon manteau; tous deux sont pendus à un clou, dans l'antichambre du conseiller de justice, comme vous savez bien. »

Le petit homme et le grand tressaillirent à la fois, comme frappés du même coup à l'imprévu: le petit me regarda en grimaçant avec sa plus laide figure, puis sautant rapidement sur une chaise, il alla raffermir la toile qui couvrait le miroir, pendant que l'autre mouchait les chandelles avec soin.

Notre entretien eut peine à se renouer : nous en vînmes cependant à parler d'un jeune peintre fort distingué, nommé Philippe, et du portrait d'une princesse qu'il avait exécuté admirablement, inspiré dans son œuvre par le génie de l'amour et par cet ineffable désir des choses d'en haut qu'il avait puisé dans l'âme profondément religieuse de celle qu'il aimait : « Il est tellement ressemblant, dit le plus grand étranger, que c'est moins son portrait que le reflet de son image. — C'est vrai, m'écriai-je, on le dirait volé dans un miroir ! »

Le petit homme se leva tout d'un coup, me regarda furieusement avec son vieux visage, dont les yeux lançaient du feu : « Cela est absurde, s'écria-t-il, cela est insensé ! qui pourrait dérober une image dans un miroir ? — Qui le pourrait ? le diable peut-être, à votre avis ? — Ho, ho, frère, celui-là brise la glace avec ses lourdes griffes, et les mains blanches et frêles d'une image de femme se couvrent de blessures et de sang. Ha, ha ! montre-moi l'image — l'image volée dans un miroir, et je fais devant toi le saut de carpe de mille toises de haut. Entends-tu, misérable drôle? »

Le grand se leva à son tour, s'avança vers le petit, et lui dit : « Ne faites donc pas tant d'embarras, mon ami, ou vous vous ferez jeter du bas de l'escalier en haut : je crois, du reste, que votre reflet à vous est dans un misérable état. — Ha, ha, ha ! s'écria le petit en riant dédaigneusement et avec une sorte de frénésie : Ha, ha, ha ! crois-tu?... crois-tu?... j'ai du moins encore ma belle ombre ! pitoyable faquin, j'ai encore mon ombre ! »

A ces mots il sauta dehors du cabaret, et nous l'entendîmes encore qui éclatait de rire et criait dans la rue : « J'ai encore mon ombre — mon ombre! » Le grand était retombé anéanti et tout blême, sur sa chaise, la tête dans ses deux mains, et sa poitrine oppressée exhalait à grande peine un profond soupir : « Qu'avez-vous? lui demandai-je avec intérêt. — Oh! monsieur, ce vilain homme qui en a si mal agi avec nous, qui m'a relancé jusque dans ce cabaret, ma retraite ordinaire, où j'aime à rester seul, à peine visité de temps à autre par quelque gnome qui vient s'accroupir sous la table, et grignotter quelques miettes de pain : ce méchant homme m'a replongé dans ma plus cruelle infortune... Hélas! j'ai perdu, — à jamais perdu mon... Adieu! » Il se leva et traversa le caveau pour sortir : tout restait éclairé autour de lui, — il ne projetait aucune ombre. Je m'élance à sa poursuite avec transport : « Pierre Schlémihl! — Pierre Schlémihl » m'écriai-je tout joyeux; mais il avait jeté ses pantoufles; je le vis enjamber par-dessus la caserne des gendarmes, et disparaître dans l'obscurité.

Lorsque je voulus rentrer dans le caveau, l'hôte me jeta la porte au nez, en s'écriant : « Le bon Dieu me garde de pareils hôtes! »

CHAPITRE III

APPARITIONS

III

Monsieur Mathieu est mon ami, et son portier est un homme vigilant, qui m'ouvrit, dès que j'eus tiré le cordon de la sonnette à *l'Aigle d'or*. J'expliquai comment je m'étais échappé d'une société, sans chapeau et sans manteau; mais, dans ce dernier, j'avais oublié la clé de mon logis, et il était impossible d'éveiller ma vieille et sourde servante. Cet homme aimable (c'est du portier que je parle) m'ouvrit une chambre, y déposa de la lumière et me souhaita une bonne nuit. Une belle et large glace était couverte d'une toile; je ne sais moi-même comment l'idée me vint d'enlever cette toile et de poser les deux lumières sur un meuble devant la glace. En m'y regardant, je m'y trouvai si pâle et si défait que j'eus peine à me reconnaitre. Il me semblait voir flotter vaguement au fond du miroir une figure confuse; mais en fixant davantage sur elle mes yeux et mon attention je vis, au milieu d'une lueur magique et singulière, se débrouiller et se développer les traits d'une femme ravissante. — Je reconnus Julie! Entraîné par la passion, consumé de désirs, je soupirai tout haut : « Julie! Julie! »

En ce moment, j'entendis soupirer et gémir sous les rideaux d'un lit, dans le coin le plus reculé de la chambre. J'écoutai; les gémissemens redoublaient. L'image de Julie avait disparu; je pris bravement une lumière, j'entr'ouvris les rideaux et regardai dans le lit. Comment te dépeindrai-je ce que j'éprouvai, en apercevant mon petit homme du caveau, qui me laissait voir sa figure de jeune homme, il est vrai, mais contractée par la douleur, et qui s'écriait tristement pendant son sommeil : « Giulietta, — Giulietta ! »

Ce nom tomba comme du feu dans mon âme, l'effroi m'avait quitté, je saisis le bras du petit homme, et le secouai rudement : « Hé ! — mon ami ! » lui criai-je, « comment vous trouvez-vous dans ma chambre ? Éveillez-vous, et allez-vous-en, s'il vous plait, à tous les diables ! » Le petit homme ouvrit les yeux et me regarda d'un air sombre : « C'était un mauvais rêve que j'ai fait là, me dit-il; je vous remercie de m'avoir éveillé! » Ces mots ne résonnèrent que comme de légers soupirs. Je ne sais comment il se fit que le petit me parut maintenant tout autre; mais sa souffrance pénétra dans mon âme, et changea toute ma colère en une profonde douleur. Il ne fallut échanger que peu de mots, pour me persuader que le portier m'avait ouvert par mégarde le même appartement dont le petit homme avait déjà pris possession, et que c'était moi qui avais manqué à la bienséance en troublant son sommeil.

« Monsieur », me dit-il, « j'ai dû vous paraître au caveau bien extravagant et bien fou : attribuez ma conduite à un vertige insensé qui, je ne puis le nier, s'empare quelquefois de moi et me pousse au delà des bornes de la raison et de la bienséance. Ne vous arrive-t-il jamais rien de semblable? — Mon Dieu si, » repris-je d'un air découragé, « témoin ce soir encore, quand je retrouvai Julie. — Julie? » s'écria le petit homme d'une voix désagréable; un spasme tirailla son visage, qui redevint vieux à l'instant. « Oh! laissez-moi dormir, — couvrez, s'il vous plaît, le miroir, mon cher ami! » Il dit ces mots en regardant son oreiller d'un air abattu. « Monsieur, » lui dis-je, « le nom d'un objet adoré et à jamais perdu pour moi, semble éveiller en vous de singuliers souvenirs; de plus, vous changez à tous momens d'une manière fort étrange, les traits infiniment aimables de votre physionomie. Toutefois, j'espère passer tranquillement la nuit avec vous, condition à laquelle je vais couvrir le miroir et me mettre au lit. ».

Le petit homme se redressa; sa figure redevenue jeune fixa sur moi des regards pleins de douceur et de bonté; il saisit ma main et la pressant doucement : « Dormez tranquille, Monsieur, » me dit-il ; « je suppose que nous sommes compagnons d'infortune. — Auriez-vous aussi?... — Julie! — Giulietta! — Il en sera ce qu'il voudra ; vous exercez sur moi une influence irrésistible, — je m'y opposerais en vain, il faut que je vous découvre mon triste secret, et puis vous me haïrez, vous me mépriserez. »

A ces mots, le petit homme se leva lentement, s'enveloppa d'une vaste robe de chambre blanche, et se glissa sans bruit, comme un fantôme, vers la glace, devant laquelle il s'arrêta. Hélas! le miroir réfléchissait clairement les deux lumières et tous les objets de la chambre, et moi-même aussi ; mais la figure du petit n'apparaissait sur aucun point de la surface polie, bien qu'il fût entièrement penché sur elle. Il se retourna vers moi, le désespoir sur tous ses traits, il me serra les mains : « Vous connaissez maintenant ma misère sans borne, » dit-il ; « Schlémihl, cette âme pure et bonne, est digne d'envie au prix de moi, réprouvé. Il a follement vendu son ombre, mais moi ! — j'ai donné mon reflet — à *elle*, — à *elle !* — Oh ! — oh ! — oh ! » Ainsi gémissant profondément les mains devant les yeux, le petit homme chancela vers le lit, dans lequel il se jeta promptement.

Je restai là immobile ; défiance, mépris, horreur, compassion, pitié, je ne sais quels sentimens encore s'élevaient dans mon âme pour et contre le petit homme.

Dans cet intervalle, il se prit à ronfler d'une manière si touchante et si mélodieuse, que je ne pus résister à la *virtus dormitiva* de sa musique. Je me hâtai de couvrir le miroir, j'éteignis les lumières, je me jetai dans le lit, à côté du petit homme, et ne tardai pas à dormir d'un profond sommeil.

Il pouvait être matin, quand une lueur éblouissante me réveilla. J'ouvris les yeux, et vis mon petit compagnon assis à table, vêtu de sa robe de chambre, un bonnet de nuit sur la tête, le dos tourné vers moi, et écrivant assidûment à la lueur des deux flambeaux. Il avait l'air bien fantastique; je frissonnai; un songe m'enleva sur ses ailes, et me porta de nouveau chez le conseiller de justice, où je me retrouvai assis sur l'ottomane, auprès de Julie.

Mais bientôt, il me sembla que toute la société n'était qu'un assemblage de figures grotesques, étalées pour la foire de Noël chez Fuchs, Weide, Schoch, ou ailleurs; le conseiller de justice, entre autres était une charmante poupée de sucre-candi, avec un jabot de papier.

Les arbres, les touffes de rosiers, grandissaient, grandissaient! Julie se leva et me présenta la coupe de cristal sur laquelle dansaient des flammes bleuâtres. Je me sens tirer par le bras; c'est mon petit homme, qui se tient derrière moi avec sa figure vieillotte, et qui me dit : « Ne bois pas, ne bois pas — regarde-la bien! — Ne l'as-tu pas déjà vue sur les tableaux mystérieux de Breughel, de Callot, ou de Rembrandt?—Je frissonnai à la vue de Julie; car, dans sa robe à plis nombreux, avec ses larges manches, avec sa coiffure, elle ressemblait à ces vierges séduisantes que l'on voit entourées des monstres de l'enfer, sur les tableaux de ces maîtres.

« Que crains-tu donc? » me dit Julie; « tu m'appartiens déjà sans retour, toi et ton reflet. » Je saisis la coupe, mais mon petit homme s'élança sur mes épaules, sous la forme d'un écureuil, et de sa queue battant les flammes, il criait d'une voix aigre : « Ne bois pas — ne bois pas! »

Mais tout à coup, toutes les figures de l'étalage devinrent vivantes et remuèrent drôlement leurs mains et leurs jambes; le conseiller de sucre-candi frétillait autour de moi, et me disait d'une toute petite voix flûtée : « Pourquoi donc tout ce bruit, mon ami; pourquoi donc tout ce bruit? Remettez-vous, je vous prie, sur vos chères jambes; car je remarque depuis longtemps que vous marchez en l'air, par-dessus les chaises et les tables. »

Le petit avait disparu; Julie ne tenait plus la coupe dans ses mains. « Pourquoi donc ne voulais-tu pas boire? » dit-elle. « Cette flamme brillante et pure qui sortait de la coupe, n'était-elle pas le baiser, tel que je te le donnais autrefois! » Je voulus la presser sur mon cœur, mais Schlémihl se jeta entre nous et dit :

« Ceci est Mina qui a épousé Raskal. » Il avait écrasé en courant quelques-unes des poupées de sucre, elles gémirent d'une lamentable façon. — Mais bientôt les figures se multiplièrent par centaines, par milliers; leur foule bruyante, agitée, bigarrée et hideuse à voir, trépignait autour de moi et sur moi, et bourdonnait comme un essaim d'abeilles. — Le conseiller de justice en sucre-candi avait grimpé jusqu'à ma cravate, et il la serrait, la serrait!... « Maudit conseiller de sucre-candi! » m'écriai-je tout haut, et je m'éveillai.

Il était grand jour, onze heures du matin. « Toute cette affaire avec ce petit homme n'était autre chose qu'un rêve, » pensai-je; quand le sommelier, qui m'apportait à déjeuner, me dit que l'étranger qui avait dormi dans la même chambre que moi, était reparti de grand matin et me faisait saluer. Sur la même table, devant laquelle mon petit homme était assis pendant la nuit, sentant le fantôme d'une lieue, je trouvai un papier fraîchement écrit, que je t'envoie ; car il contient, sans aucun doute, la merveilleuse histoire du petit homme.

CHAPITRE IV

HISTOIRE DU REFLET PERDU

IV

Enfin, le moment était arrivé, où Erasme Spikher put accomplir le souhait de toute sa vie. Le cœur joyeux et la bourse bien garnie, il monta en voiture pour quitter le Nord, sa patrie, et pour aller chercher un climat plus doux sous le beau ciel de l'Italie. Sa bonne et pieuse femme répandit mille larmes, elle prit son petit Erasme et après lui avoir préalablement essuyé la bouche et mouché le nez, elle le leva dans la voiture, afin que son père l'embrassât bien encore avant de partir. « Adieu, mon cher Erasme Spikher! » dit la femme en sanglotant, « je garderai bien la maison, pense souvent à moi, reste-moi fidèle et ne perds pas ton beau bonnet de voyage, s'il t'arrive, selon ton habitude, de dormir la tête hors de la voiture. » Spikher lui promit toutes ces choses.

Dans la belle ville de Florence, Erasme trouva quelques-uns de ses compatriotes, jeunes gens qui s'efforçaient de jouir de la vie, et qui se plongeaient dans toutes les voluptés que ce délicieux pays procure en abondance. Il se fit connaître d'eux comme un bon compagnon, et bientôt il ne fut plus question parmi eux que de fêtes charmantes, auxquelles Spikher donnait un relief tout particulier par sa bonne humeur, et par le talent qu'il possédait de mêler la raison aux caprices les plus désordonnés de son imagination. Ainsi advint-il que ces jeunes gens, (Erasme, à peine âgé de vingt-sept ans, pouvait bien faire nombre avec eux), donnèrent un soir une fête dans un jardin merveilleusement illuminé, et dont les fleurs répandaient les plus doux parfums. Chacun, Erasme excepté, avait amené une aimable Donna. Les hommes portaient l'ancien costume teuton ; les dames, couvertes de riches vêtemens, de couleurs, de formes différentes, semblaient, dans leur toilette capricieuse et fantastique, autant de fleurs délicieuses. Si l'une ou l'autre venait de soupirer, au doux murmure des mandolines, quelque chanson d'amour en langue italienne, les hommes entonnaient en chœur une vigoureuse chanson de l'Allemagne, et entre-choquaient leurs verres remplis d'un vin vieux de Syracuse. — L'Italie n'est-elle pas le pays de l'amour! La brise du soir murmurait avec volupté, le parfum des orangers et des jasmins se répandait comme une musique tendre à travers tout le bosquet, se mêlant aux lutineries malicieuses et parfois un peu libres des beautés de l'Italie, les premières du monde à ce jeu. Le plaisir devenait de plus en plus vif et bruyant. Frédéric, le plus ardent de tous, se leva ; d'un bras il entourait la taille de sa Donna, et de l'autre, tenant en l'air sa coupe remplie de vieux Syracusain perlé, il s'écria : « Où trouvera-t-on le bonheur et les joies du ciel, si ce n'est auprès de vous, tendres et charmantes femmes de l'Italie? n'êtes-vous pas l'amour même? — Mais toi, Erasme, » continua-t-il, en se tournant vers Spikher, « tu ne parais pas sentir bien vivement ce que je dis; car non-seulement, en dépit de nos conventions,

de tout bon ordre et de toute galanterie, tu n'as invité à notre fête aucune Donna, mais encore tu es aujourd'hui si mat et si replié sur toi-même, que je serais tenté de croire, si tu n'avais tout à l'heure bravement bu et chanté, que tu as été transformé tout à coup en un misanthrope atrabilaire, et ennuyeux, qui plus est. — Je t'avouerai, Frédéric, » reprit Erasme, « que je ne puis me réjouir avec vous *de cette manière*. Tu sais que j'ai laissé dans ma patrie une bonne, une excellente épouse, que j'aime de tout mon cœur, et envers laquelle je me rendrais coupable d'une trahison manifeste, si, partageant vos folies, je me choisissais une Donna, même pour une seule soirée. Pour vous, jeunes célibataires, c'est tout autre chose ; mais moi, père de famille... » — Les jeunes gens éclatèrent de rire, quand, à ce mot de père de famille, Erasme s'efforça de donner un air de gravité à sa figure jeune et enjouée, ce qui produisit un effet assez drôle. La Donna de Frédéric se fit traduire en italien ces mots qu'Erasme venait de prononcer en allemand ; puis elle lança sur Spikher un regard sérieux, et, le menaçant de son doigt levé, elle dit : « Va, va, froid Allemand ! — tiens bien ton cœur à deux mains, tu n'as pas encore vu Giulietta. »

En ce moment, un léger bruit se fit entendre à l'entrée du bosquet, et, du sein de la nuit sombre, on vit s'avancer, à la lueur des bougies, une femme merveilleusement belle. Sa robe blanche, qui ne cachait qu'à demi sa gorge, ses épaules et son dos, et dont les vastes manches descendaient sur le coude, retombait jusqu'à terre en plis larges et nombreux ; ses cheveux, séparés sur le front étaient disposés avec profusion sur le derrière de la tête. Des chaînes d'or autour de son cou, de riches bracelets, complétaient la parure antique de la belle dame, qui ressemblait à un portrait de Rubens ou du délicat Miéris.

« Giulietta ! » s'écrièrent les jeunes filles charmées. Giulietta, dont la beauté angélique les faisait toutes pâlir, dit d'une voix douce : « Laissez-moi prendre part à votre belle fête, braves jeunes gens de l'Allemagne ! Je veux aller m'asseoir près de celui-là, qui est seul parmi vous sans plaisir et sans amour. » Elle s'approcha d'Erasme avec une grâce charmante, et s'assit sur le fauteuil qui était resté vide à côté de lui, par suite de la convention qui avait été faite qu'il amènerait une dame. Les jeunes filles chuchotaient entre elles : « Voyez donc, voyez comme Giulietta est belle aujourd'hui ! » Et les jeunes gens disaient : « Qu'est-ce donc que cela. Erasme a fait la plus belle conquête, et s'est encore moqué de nous. »

Au premier coup d'œil qu'il avait jeté sur Giulietta, Erasme s'était trouvé dans une disposition d'esprit si singulière, qu'il ne savait lui-même quels mouvemens tumultueux s'élevaient dans son âme. Quand elle s'approcha de lui, une puissance inconnue le saisit, comprima sa poitrine : il ne pouvait respirer. L'œil fixé sur Giulietta, les lèvres pâles et entr'ouvertes, il était assis là, ne pouvant proférer une parole, tandis que ses compagnons vantaient à haute voix la grâce et la beauté de l'étrangère.

Giulietta prit une coupe pleine, se leva, et la présenta d'un air riant et doux à Erasme; en saisissant la coupe, il toucha légèrement les doigts délicats de Giulietta. Il buvait, le feu circulait dans ses veines. Giulietta lui demanda en plaisantant : « Voulez-vous que je sois votre Donna? » Mais Erasme se jeta comme un insensé aux pieds de Giulietta, prit ses deux mains, les pressa contre son cœur et s'écria : « Oui, c'est toi! que j'ai toujours aimée, toi, ange du ciel! Je t'ai vue dans mes rêves, tu es ma vie, mon bonheur, ma pensée! »

Tous pensèrent, en voyant le pauvre Erasme, que le vin lui était monté à la tête; car ils ne l'avaient jamais vu dans cet état; il semblait un tout autre homme, « Oui, toi, toi seule es ma vie, tu brûles en moi comme un feu dévorant, laisse-moi périr, — périr; je ne veux être qu'en toi, je ne veux être que toi. » Ainsi criait Erasme, mais Giulietta l'entoura de ses bras; plus tranquille, il s'assit à ses côtés et bientôt recommencèrent les jeux et les chansons folâtres, qu'Erasme et Giulietta avaient interrompus. Quand elle chantait, on croyait entendre sortir du fond de son âme des sons célestes, et tous ressentaient un bonheur qu'ils n'avaient jamais connu, qu'ils avaient tout au plus rêvé. Sa voix pleine et cristalline portait avec elle un feu secret qui pénétrait dans tous les cœurs. Chaque jeune homme tenait sa Donna plus fortement embrassée, les regards se cherchaient et se rencontraient plus brûlans que jamais.

Déjà une lueur rougeâtre annonçait le retour de l'aurore, lorsque Giulietta donna le conseil de terminer la fête; on le suivit. Erasme offrit de reconduire Giulietta; elle le refusa et lui désigna la maison où il pourrait la trouver dorénavant. Pendant le chœur allemand que les jeunes gens entonnèrent pour clore la fête, Giulietta avait disparu du bosquet; on la vit, précédée de deux domestiques qui portaient des flambeaux, passer au loin dans une allée de verdure. Erasme n'osa point la suivre. Chacun prit alors le bras de sa Donna, et ils s'éloignèrent en pleine gaîté.

Plein de trouble, et le cœur en proie à tous les tourmens de l'amour, Erasme les suivit de loin, accompagné seulement de son petit domestique qui portait une torche.

Ses amis l'avaient quitté; il marchait le long d'une rue écartée qui conduisait à sa demeure. L'aurore brillait dans le ciel; le domestique écrasa sa torche sur le pavé, mais au milieu des étincelles qui en jaillirent, Erasme aperçut tout à coup, à deux pas de lui, une singulière figure; c'était un homme grand et maigre, le nez crochu comme celui d'un épervier, les yeux flamboyans, la bouche ironiquement contractée, vêtu d'un habit rouge de feu, avec des boutons d'acier rayonnans; il rit, et s'écria d'une voix glapissante et désagréable. « Ho! Ho! — vous êtes probablement sorti de quelque vieux livre d'estampes, avec votre manteau, votre pourpoint fendu et votre barrette à plumes. — Vous avez l'air tout drôle, messire Erasme; mais voulez-vous rester dans la rue, et devenir la risée des

gens? Retournez bien tranquillement dans votre tome de parchemin! — Que vous importe mon habit? » dit Erasme mécontent ; il repoussa le drôle rouge et voulut passer son chemin; mais l'autre lui cria : « Eh bien! Eh bien! — Ne courez pas si vite; à l'heure qu'il est, vous ne pouvez pas vous présenter chez Giulietta? » Erasme se retourna vivement. « Que parlez-vous de Giulietta? » s'écria-t-il avec véhémence, et il saisit le drôle rouge à la poitrine. Celui-ci se dégagea promptement, et avant qu'Erasme s'en fût douté, il avait disparu. Erasme resta tout penaud, tenant à la main un bouton d'acier qu'il avait arraché de l'habit rouge. « C'était le docteur aux prodiges, le signor Dapertutto ; que diable voulait-il de vous? » dit le domestique ; mais Erasme fut saisi d'horreur, et courut à son logis.

Giulietta reçut Erasme avec la grâce et l'amabilité qui lui étaient particulières. A la passion insensée que lui témoignait Erasme, elle opposait une humeur douce et toujours égale; seulement parfois, ses yeux brillaient d'un éclat plus vif, et Erasme sentait de légers frissons courir par tout son corps, quand elle lui lançait d'étranges regards. Jamais elle ne lui dit qu'elle l'aimait; mais toute sa conduite envers lui le lui prouvait clairement; et ainsi se resserraient de plus en plus les liens qui l'enchaînaient. Un jour pur, un vrai jour de soleil se levait pour lui; il ne voyait que rarement ses amis; car Giulietta l'avait entraîné dans une société toute différente.

. . . .

Un jour il rencontra Frédéric, qui ne voulut point le quitter; et quand, au souvenir de sa patrie et de sa maison, Erasme eut donné des signes d'un profond attendrissement, Frédéric lui dit : — « Sais-tu bien, Spikher, que tu as fait une connaissance bien dangereuse? tu n'ignores pas sans doute que ta belle Giulietta est une des courtisanes les plus rusées qui aient jamais existé. On raconte d'elle toutes sortes d'histoires étranges et mystérieuses, qui jettent sur elle un jour fort singulier. On dit qu'elle exerce sur les hommes un pouvoir irrésistible, qu'elle les entoure de liens que rien au monde ne peut briser, et tu en es la preuve: tu es entièrement changé, tu es tout dévoué à la sirène Giulietta, et tu ne songes plus à ta bonne et pieuse femme. » Erasme se cacha le visage de ses deux mains, il sanglota tout haut, et prononça plusieurs fois le nom de son épouse. Frédéric s'aperçut qu'un combat se livrait dans son cœur. — « Spikher, » continua-t-il, « partons promptement. — Oui, Frédéric, » s'écria vivement Spikher, « tu as raison, je ne sais quels noirs et affreux pressentimens s'emparent de moi tout-à-coup, il faut que je parte, que je parte aujourd'hui. »

Les deux amis traversaient rapidement la rue; à leur rencontre vint le signor Dapertutto, qui rit au nez d'Erasme et s'écria: « Ah! courez vite! courez vite! Giulietta vous attend, le cœur brûlant de désirs, les yeux pleins de larmes! ah! courez vite! courez vite! » Erasme fut comme frappé de la foudre. « Ce marand, » reprit Frédèric, « ce *ciarlatano*, je le hais de toute mon âme; et que cet homme fréquente Giulietta, et lui vende ses essences merveilleuses... — « Comment! » s'écria Erasme, « ce misérable voit Giulietta. — Giulietta? — Où donc êtes-vous resté si longtemps? Tout le monde vous attend! N'avez-vous donc pas du tout songé à moi? » dit une voix douce du haut du balcon. C'était Giulietta, devant la maison de laquelle les deux amis s'étaient arrêtés, sans s'en apercevoir. D'un saut, Erasme fut dans la maison. « Il est décidément incurable, » dit tout bas Frédéric, et il s'esquiva le long de la rue.

Jamais Giulietta n'avait été plus aimable, elle était vêtue de même que la première fois, dans le jardin, et brillait de tout l'éclat de sa beauté et de sa fraîcheur. Erasme avait oublié entièrement l'entretien qu'il venait d'avoir avec Frédéric; plus que jamais, il se sentit entraîné par un transport, un ravissement irrésistible; mais jamais aussi Giulietta n'avait laissé entrevoir ainsi, sans aucune réserve, tout l'amour qu'il lui inspirait. Elle semblait ne voir que lui, n'exister que pour lui.

— Il était question de célébrer une fête à une villa que Giulietta avait louée pour la belle saison. On s'y rendit. Parmi la société se trouvait un jeune Italien, d'une figure hideuse et de mœurs plus hideuses encore. Il était fort empressé auprès de Giulietta, et provoqua la jalousie d'Erasme, qui, plein de dépit, s'éloigna des autres et alla se promener dans une allée solitaire du jardin.

Giulietta fut le trouver : « Qu'as-tu donc ?... n'es-tu pas entièrement à moi ? » A ces mots, elle l'entoura de ses bras voluptueux, et pressa un baiser sur ses lèvres. Un torrent de feu parcourut tout son corps, dans le délire de la passion il serra sa bien-aimée contre son cœur et s'écria : « Non, je ne te quitterai pas, dussé-je périr de la mort la plus affreuse ! » Giulietta sourit d'une manière singulière, et lança sur lui ce regard étrange, qui lui avait toujours fait éprouver un tressaillement intérieur. Ils retournèrent vers la société. L'odieux Italien joua à son tour le rôle d'Erasme ; excité par la jalousie, il tint plusieurs propos offensans sur les Allemands et surtout contre Spikher. Ce dernier ne put se contenir plus longtemps : il s'avança rapidement vers l'Italien : « Cessez, » dit-il, « vos misérables sarcasmes contre les Allemands et contre moi, ou je vous jette dans cet étang, où vous pourrez vous exercer à la nage. » Dans ce moment, un poignard brilla dans la main de l'Italien, mais Erasme furieux le saisit à la gorge et le terrassa; il lui appliqua un coup de pied violent sur la nuque, et l'Italien rendit en râlant le dernier soupir. Tous se jetèrent sur Erasme; il avait perdu connaissance. On le saisit, on l'entraîna.

Lorsqu'il se réveilla comme d'un profond assoupissement, il était dans un petit cabinet, à genoux devant Giulietta, qui, la tête penchée sur lui, le tenait enlacé de ces deux bras. « Méchant, méchant Allemand, » dit-elle d'une voix infiniment douce, « quelle frayeur tu m'as causée! Je t'ai sauvé du danger le plus pressant, mais tu n'es plus en sûreté à Florence, en Italie. Il faut que tu partes, il faut que tu me quittes, moi qui t'aime tant. » Cette idée de séparation plongea Erasme dans un abîme de douleurs et de désespoir. « Je veux rester, » s'écria-t-il, « je consens volontiers à mourir. Ne vaut-il pas mieux mourir que de vivre sans toi ! » Il lui sembla en ce moment qu'une voix faible et lointaine prononçait son nom. Hélas ! c'était la voix de sa pieuse épouse. Erasme resta muet, et Giulietta lui demanda d'un ton singulier : « Tu penses sans doute à ton épouse? Hélas ! Erasme, tu ne m'oublieras que trop tôt. — Plût au ciel, dit Erasme, que je fusse à toi entièrement et sans retour ! » Ils étaient debout précisément devant une grande glace, éclairée des deux côtés par des bougies étincelantes. Giulietta serra Erasme plus vivement contre son sein, et dit à voix basse : « Laisse-moi ton image réfléchie par ce miroir, ô mon bien-aimé ; elle ne me quittera jamais. — Giulietta, dit Erasme tout étonné, que veux-tu dire ? mon reflet au miroir ? » A ces mots il regarda dans la glace qui lui renvoyait son image et celle de Giulietta confondues dans une amoureuse étreinte : « Comment donc espères-tu retenir mon reflet, qui m'accompagne en tous lieux, et qui s'offre à moi dans chaque source limpide, dans chaque surface polie? » reprit Erasme. — « Tu ne m'accordes pas même ce rêve de ton *moi*, tel qu'il brille dans cette glace, dit Giulietta, « toi qui voulais être à moi corps et âme? Tu ne veux même pas que ton image reste avec moi et m'accompagne à travers les misères de cette vie, qui sera dorénavant, je le sens bien, sans plaisir et sans amour, puisque tu m'abandonnes? » Un torrent de larmes brûlantes tomba des beaux yeux noirs de Giulietta. Alors Erasme s'écria transporté de douleur et d'amour : « Faut-il donc que je te quitte? — Eh bien! que mon reflet t'appartienne à jamais. Aucune puissance, — le diable même, ne saurait te l'enlever, jusqu'à ce que tu me possèdes entièrement, corps et âme. »

Les baisers de Giulietta brûlaient sur

ses lèvres, lorsqu'il eut prononcé ces paroles; alors elle cessa de le retenir, et étendit passionnément ses bras vers le le miroir. Erasme vit son image se reproduire indépendante de ses mouvements, il la vit passer dans les bras de Giulietta et disparaître avec elle au milieu d'une vapeur bizarre. Toutes sortes de voix détestables chevrotaient et riaient d'un ton infernal. Saisi d'une horreur profonde, il tomba sans connaissance; mais un sentiment affreux d'anxiété, d'effroi, le retira de sa stupeur; dans une obscurité complète, il sortit en chancelant et descendit l'escalier.

Arrivé devant la maison, on s'empara de lui et on le plaça dans une voiture qui s'éloigna rapidement. « Monsieur a été un peu ému, à ce qu'il paraît, » dit en allemand l'homme qui s'était assis près de lui; « Monsieur a été légèrement ému; mais tout ira pour le mieux, si vous vous abandonnez entièrement à moi. La petite Giulietta a fait tout ce qu'elle devait et m'a recommandé de bien veiller sur vous. Vous êtes d'ailleurs un aimable jeune homme, et vous avez un goût décidé pour toutes sortes de bonnes petites plaisanteries, telles que Giulietta et moi les aimons. Il faut convenir que c'était un vrai coup de pied d'Allemand qu'il a reçu dans la nuque! pauvre signor Amoroso! La langue lui sortait du cou, bleue comme une cerise. — C'était fort drôle à voir; et puis comme il croassait et gémissait, et ne pouvait s'en aller assez vite à tous les diables. — Ha! ha! ha! »

La voix de cet homme était si détestablement moqueuse, son galimatias si effroyable, que toutes ses paroles pénétraient dans le cœur d'Erasme, comme autant de coups de poignard. « Qui que vous soyez, » dit Erasme, « ne me parlez plus de cette horrible action, dont j'éprouve le plus sincère repentir! — Repentir, repentir! » continua cet homme, « vous vous repentez donc aussi d'avoir connu Giulietta, et d'avoir su toucher son cœur? — Giulietta, Giulietta! » soupira Erasme. — « Voilà, » reprit cet homme, « voilà comme vous êtes enfant; vous souhaitez, et voudriez bien; mais il faut d'autre part, selon vous que tout se passe tranquillement et dans les formes. Il est fatal, sans doute, qu'il vous ait fallu quitter Giulietta; mais je pourrais bien, si vous restiez, vous soustraire aux poignards de tous vos persécuteurs, et même aux griffes de notre chère justice. » La pensée de pouvoir rester auprès de Giulietta s'empara puissamment d'Erasme. « Comment pourrais-tu faire ce que tu promets? » demanda-t-il. — « Je connais » continua cet homme, « un moyen sympathétique, qui doit frapper de cécité vos persécuteurs, et vous faire leur apparaître chaque fois avec un visage différent, de sorte qu'ils ne vous reconnaissent jamais. Dès qu'il fera jour, vous aurez la bonté de regarder longtemps et bien attentivement dans un miroir; puis, sans l'endommager le moins du monde, je soumettrai votre reflet à certaines opérations, et vous serez bien caché. Vous pourrez alors vivre dans les plaisirs avec Giulietta, sans courir aucun danger. »

« Terrible, terrible! » s'écria Erasme. — « Qu'y a-t-il de si terrible? mon ami, » demanda cet homme ironiquement. Hélas! j'ai... je... » balbutia Erasme. — « Vous avez laissé votre reflet, » interrompit vivement cet homme, « vous l'avez laissé à Giulietta? — Ha! ha! ha! bravissimo, mon cher! vous pouvez maintenant parcourir les campagnes, les forêts, les villes et les hameaux, jusqu'à ce que vous ayez retrouvé votre épouse et votre petit Erasme, et que vous soyez redevenu père de famille, quoique sans reflet au miroir; ce qui, du reste, n'inquiétera pas singulièrement votre femme puisqu'elle vous possédera corporellement, tandis que Giulietta n'aura qu'un rêve brillant de votre *moi.* »

« Tais-toi, homme exécrable! » s'écria Erasme. En ce moment, une troupe joyeuse et chantant passa près d'eux avec des torches qui éclairèrent un instant l'intérieur de la voiture. Erasme regarda la figure de son compagnon et reconnut l'odieux docteur Dapertutto. D'un bond, il s'élança hors de la voiture et courut vers la troupe, car de loin il avait reconnu la basse-taille sonore de Frédéric. Les amis revenaient de dîner à la campagne. Erasme informa en peu de mots Frédéric de ce qui venait de se passer; seulement il lui cacha la perte de son reflet. Frédéric laissa ses amis, et courut avec lui à la ville; tous les préparatifs nécessaires furent faits avec tant de promptitude, qu'au lever de l'aurore, Erasme pressant les flancs d'un coursier rapide, était déjà loin de Florence.

Spikher a noté plusieurs des aventures de son voyage. La plus remarquable est l'accident qui lui fit sentir pour la première fois, d'une manière bien étrange, la perte de son reflet. Il s'était arrêté un jour dans une grande ville, parce que son cheval avait besoin de repos, et il s'assit sans défiance à la table d'hôte très-nombreuse, ne remarquant pas qu'en face de lui se trouvait un beau et grand miroir. Un infernal sommelier, qui se tenait derrière sa chaise, s'aperçut que de l'autre côté, dans le miroir, la chaise paraissait vide, et que rien ne se reflétait de la personne qui l'occupait. Il communiqua son observation au voisin d'Erasme, celui-ci au suivant; un murmure et un chuchotement s'éleva autour de la table; on regardait Erasme, puis le miroir; Erasme ne s'était pas encore aperçu qu'il était question de lui, lorsqu'un homme se leva de la table, le conduisit devant la glace, y jeta les yeux, et se tournant vers la société, s'écria tout haut : « Vraiment, il n'a pas de reflet! — Il n'a pas de reflet; — il n'a pas de reflet! » criait-on à tort et à travers; « c'est un mauvais sujet, un *homo nefas;* qu'on le mette à la porte! » — Dévoré de rage et de honte, Erasme se sauva dans sa chambre; mais à peine y fut-il entré qu'on lui vint signifier de par la police, qu'il eût à se présenter dans l'espace d'une heure devant l'autorité avec son reflet intact et parfaitement ressemblant, sinon qu'il eût à quitter la ville. Il partit, poursuivi par la canaille oisive et par les polissons des rues qui criaient derrière lui : « Le voilà qui s'en va, celui qui a vendu son reflet au diable : le voilà qui s'en va! »

Enfin il se retrouva en plein air. Depuis

ce temps, il faisait voiler les miroirs partout où il arrivait, prétextant une horreur invincible pour toutes les surfaces polies; ce qui lui fit donner par dérision, le surnom du général Suwarow, qui avait la même manie.

Quand il revint dans sa patrie, son excellente femme et le petit Erasme le reçurent avec joie, et bientôt il crut que dans le sein d'un ménage paisible, il supporterait aisément la perte de son image. Il arriva qu'un jour, Spikher, qui avait entièrement oublié la belle Giulietta, jouait avec le petit Erasme; l'enfant avait les mains pleines de suie et il en barbouilla le visage de son père. — Ah! papa! papa! vois donc comme je t'ai noirci. — L'enfant dit et courut chercher un miroir qu'il présenta à son père en y jetant les yeux lui-même.

Mais il laissa tomber aussitôt le miroir

en pleurant, et courut hors de la chambre. Bientôt sa mère entra, l'étonnement et la terreur sur le visage. — « Que vient de me dire le petit Erasme! » s'écria-t-elle. « Que je n'ai pas de reflet, n'est-ce pas, ma bonne amie? » reprit Spikher avec un sourire forcé, et il s'efforça de prouver qu'il était, à la vérité, absurde de croire que l'on puisse perdre son reflet; mais que, le cas échéant, ce ne serait pas une grande perte, parce que tout reflet n'est qu'une illusion, parce que la contemplation de soi-même conduit droit à la vanité et parce qu'enfin une semblable image divise le véritable *moi* en deux parties, vérité et songe.

Tandis qu'il parlait ainsi, sa femme avait arraché de dessus un miroir suspendu dans la chambre, le voile qui le couvrait. Elle y jeta les yeux, et comme frappée de la foudre, elle tomba par terre. Spikher la releva; mais à peine eut-elle repris connaissance qu'elle le repoussa avec horreur. « Laisse-moi, » s'écria-t-elle, « laisse-moi, homme affreux! Ce n'est pas toi, tu n'es pas mon mari; non — tu es un esprit de l'enfer qui en veux à mon salut éternel, qui veux me perdre. Laisse-moi, laisse-moi, maudit! » Sa voix retentissait à travers sa chambre, à travers le salon; les gens de la maison accoururent épouvantés; plein de rage et de désespoir, Erasme s'enfuit de sa demeure.

Entraîné par son aveugle fureur, il parcourut les allées solitaires d'un parc situé hors de la ville. La figure de Giulietta s'éleva de terre devant lui, belle comme les anges; il s'écria: « Est-ce ainsi que tu te venges, Giulietta, de ce que je t'ai quittée, et de ce qu'au lieu de moi-même, je ne t'ai donné que mon reflet? Ah! Giulietta, je consens à t'appartenir, corps et âme; elle m'a repoussé, elle, à qui je t'ai sacrifiée. Giulietta! Giulietta! je suis à toi! — Rien de plus facile, mon cher, » dit le signor Dapertutto, qui se trouva subitement devant lui, avec son habit rouge et ses boutons d'acier.

Ces paroles étaient une consolation pour le malheureux Erasme; aussi ne remarqua-t-il point la figure ironique et méchante de Dapertutto; il s'arrêta et demanda tristement: « Comment pourrai-je donc la retrouver, n'est-elle pas à jamais perdue pour moi? — En aucune façon, » reprit Dapertutto; « elle n'est pas loin d'ici et soupire prodigieusement après votre chère personne, très-honoré Monsieur; car, vous le voyez bien vous-même, un reflet n'est qu'une pitoyable illusion. D'ailleurs, dès qu'elle se sera assurée de votre chère personne, en corps et en âme, bien entendu, elle vous rendra avec reconnaissance votre agréable reflet, toujours poli comme devant, et parfaitement intact. — Courons, courons, » s'écria Erasme, « où est-elle? — Il ne faut plus qu'une petite formalité, » reprit Dapertutto, « avant de voir Giulietta, et de vous livrer entièrement à elle, en échange de votre reflet. Votre seigneurie n'est pas libre de disposer entièrement de sa précieuse personne, car elle est encore retenue par certains liens qu'il faut dissoudre avant tout. — Votre chère épouse et monsieur votre fils... — Que voulez-vous dire : » s'écria violemment Erasme. — « On pourrait, dis-je, si vous le souhaitez, » continua Dapertutto, « on pourrait opérer la dissolution des liens sus-dits, par des moyens tout à fait simples et humains. A Florence déjà, vous saviez que je prépare avec beaucoup d'adresse des médicamens merveilleux; et j'ai là, sous la main, un de ces petits remèdes de famille. Il suffit d'en faire prendre quelques gouttes à ceux qui sont un mur entre vous et Giulietta, pour qu'ils tombent sans proférer une parole et sans donner aucun signe de douleur. Sans doute on appelle cela mourir, et la mort est, dit-on, amère : mais le goût d'amande amère n'est-il pas fort agréable? Eh bien! la mort que renferme ce flacon, n'a pas d'autre amertume que celle-là. Aussitôt après son paisible trépas, votre respectable famille répandra une odeur agréable d'amande amère. — Prenez, très-honoré Monsieur! » Il présenta une petite fiole à Erasme. — « Homme exécrable, » s'écria celui-ci, « tu veux que j'empoisonne ma femme et mon enfant? — Qui donc vous parle de poison? » reprit le drôle rouge; « cette fiole ne contient qu'un petit remède de famille, d'une odeur exquise. J'aurais à ma disposition d'autres moyens de vous rendre la liberté; mais j'aimerais agir par vous-même, tout naturellement, tout humainement; que voulez-vous? c'est là ma fantaisie. Prenez avec confiance, prenez, mon cher! »

Erasme tenait la fiole entre ses mains, il ne savait lui-même comment elle y était venue. Il courut sans réflexion chez lui, dans sa chambre. Sa femme avait passé toute la nuit en proie à l'inquiétude, aux tourmens les plus affreux; elle soutenait continuellement que celui qui était venu n'était pas son mari, mais un esprit infernal qui avait pris sa figure.

Au moment où Spikher entra dans la maison, tous ses gens s'enfuirent épouvantés; le petit Erasme seul osa s'approcher de lui, et lui demander, d'un ton enfantin, pourquoi il n'avait pas rapporté son reflet? sa mère, disait-il, en mourrait de chagrin. — Erasme fixa le petit d'un air sombre, il tenait encore à la main la fiole de Dapertutto. L'enfant portait sur son bras sa colombe favorite, qui s'approcha de la fiole et se mit à en becqueter le bouchon; aussitôt elle pencha la tête, — elle était morte. Erasme se leva, saisi d'horreur. « Traître! » s'écria-t-il, « tu ne me feras pas commettre ce crime! » — Il jeta par la fenêtre sa fiole qui se brisa sur le pavé de la cour. Un goût agréable d'amande amère s'éleva et se répandit dans l'appartement. Le petit Erasme effrayé avait pris la fuite.

Spikher passa dans les tourmens la journée entière, jusqu'à minuit. C'était l'heure où l'image de Giulietta se retraçait toujours plus vivement à son âme.

Un jour, un collier de Giulietta fait avec ces petites baies rouges que les femmes portent en guise de perles, s'était rompu en sa présence. En ramassant les baies, il en cacha une, parce qu'elle avait touché le cou de Giulietta; depuis lors, il l'avait fidèlement conservée. C'est cette baie qu'il tira en ce moment de son sein, et la regardant fixement, il pensait de toutes les forces de son esprit à sa bien-aimée qu'il ne devait plus voir. Il semblait alors qu'il sortît de la perle le même parfum magique qui lui révélait autrefois la présence de Giulietta. « Ah! Giulietta, te voir une seule fois et mourir! »

A peine eut-il prononcé ces paroles, qu'un murmure et un bruissement singulier se fit entendre dans le corridor. Il distingua des pas. On frappait à la porte. Agité par la crainte et l'espérance, il respirait à peine. Il ouvrit; Giulietta se présenta devant lui, plus belle, plus séduisante que jamais. Ivre d'amour, il la pressait dans ses bras. « Me voici, mon bien-aimé, » dit-elle d'une voix douce et faible. « Vois comme j'ai fidèlement conservé ton reflet! » Elle enleva le voile qui couvrait le miroir; Erasme enchanté vit son image qui se serrait contre Giulietta;

mais, indépendante de lui-même, elle ne reproduisait aucun de ses mouvemens. Il frissonna.

« Giulietta ? » s'écria-t-il, « veux-tu donc que mon amour pour toi trouble ma raison ? — Rends-moi mon reflet, ou plutôt, empare-toi de moi tout entier, dans ce monde et dans l'autre ? — Il y a encore un obstacle entre nous, cher Érasme, » dit Giulietta, « tu le sais bien ; — Dapertutto ne te l'a-t-il pas dit ? — Pour Dieu, Giulietta ! » s'écria Érasme, « si je ne puis être à toi que par ce moyen, j'aime mieux mourir ! — Aussi, » continua Giulietta, « je ne veux pas que Dapertutto t'engage plus longtemps à commettre une action qui te répugne. Il est fâcheux sans doute qu'un vœu et la bénédiction d'un prêtre soient si puissans ; mais il faut que tu brises le lien qui t'enchaîne, sans cela tu ne seras jamais entièrement à moi. Mais il existe encore un moyen meilleur que celui proposé par Dapertutto.— Et ce moyen quel est-il ?» demanda vivement Erasme. Giulietta jeta un bras autour de son cou, et appuyant sa tête sur la poitrine de son amant, elle murmura à voix basse : « Tu écriras sur une feuille de papier ton nom, Erasme Spikher, sous ce peu de paroles : je donne à mon bon ami Dapertutto tout pouvoir sur ma femme et sur mon enfant, afin qu'il en dispose à son gré, et qu'il brise le lien qui m'attache à eux, parce que je veux que dorénavant mon corps et mon âme immortelle appartiennent à Giulietta, que j'ai choisie pour épouse, et à laquelle je m'unirai encore par un vœu particulier. »

Tous les nerfs d'Erasme palpitèrent, des baisers de feu brûlaient ses lèvres; il tenait à la main la feuille de papier que lui avait donné Giulietta. Tout-à-coup Dapertutto, haut comme un géant, se tint derrière l'enchanteresse, et offrit à Erasme une plume de métal. Une petite artère s'ouvrit au bras gauche d'Erasme; un jet de sang en jaillit. «Trempe-la dans le sang, trempe, — écris, écris!» croassait le drôle rouge. — «Écris, écris, mon bien-aimé!» soupira Giulietta.

Déjà il avait trempé la plume dans le sang,.déjà il la posait sur le papier pour écrire. — Soudain la porte s'ouvre, une figure blanche s'avance; fixant sur Erasme ses yeux de fantôme, elle s'écrie douloureusement et d'une voix sourde : « Erasme, Erasme, que fais-tu? au nom du Sauveur renonce à cette action criminelle!» — Erasme qui, dans cette figure menaçante, avait reconnu sa femme, jeta loin de lui la feuille et la plume. — Les yeux de Giulietta lançaient des éclairs, son visage se contractait horriblement, tout son corps n'était que feu et flamme. « Laisse-moi, fille de l'Enfer! tu n'as point de part à mon âme! au nom du Sauveur, laisse-moi, serpent! tout l'enfer brûle en toi.»

Ainsi s'écria Erasme, et d'un bras vigoureux, il repoussa Giulietta qui le tenait toujours embrassé. Alors on entendit hurler et glapir en dissonances affreuses, et ce fut par toute la chambre un murmure pareil au bruissement des noires ailes d'une légion de corbeaux. — Giulietta, Dapertutto, disparurent dans une vapeur épaisse et infecte qui semblait sortir des murs, et qui éteignit les lumières.

Enfin les rayons de l'aurore pénétrèrent à travers les fenêtres. Erasme courut trouver sa femme. Il la trouva pleine de calme et de douceur. Le petit Erasme, déjà tout éveillé, était assis sur le lit de sa mère; elle tendit la main à son mari épuisé de fatigue, et lui dit : «Je sais

maintenant tout ce qui t'est arrivé de malheureux en Italie, et te plains de tout mon cœur. La puissance de l'ennemi est grande, et comme il est adonné à tous les vices, il est aussi voleur de son métier, et n'a pu résister au malin désir de te dérober ton reflet. — Mais regarde dans ce miroir-là, mon cher époux! » — Spikher obéit d'un air bien piteux, et tremblant de tout son corps. Le miroir resta clair et poli, on n'y voyait point d'Erasme Spikher.

« Pour cette fois, » continua la femme, il est fort heureux que la glace ne réfléchisse pas ton image; car tu as l'air bien sot, mon cher Erasme. Tu conçois d'ailleurs aisément que, sans reflet, tu seras la risée de tout le monde, et que tu ne peux pas être un père de famille complet et dans les formes, capable d'inspirer du respect à sa femme et à ses enfans. Le petit Erasme se moque déjà de toi, et dit qu'il veut te faire une moustache avec du charbon, puisque tu ne peux t'en apercevoir. Parcours donc le monde pendant quelque temps encore, et tâche, par la même occasion, de reprendre au diable ton reflet. Quand tu l'auras retrouvé, tu seras le bien-venu. Embrasse-moi (Spikher l'embrassa), et maintenant, bon voyage! envoie de temps en temps une paire de culottes neuves à ton petit Erasme; car il a l'habitude de se traîner sur les genoux, et il en use considérablement. Si tu passes à Nuremberg, n'oublie pas d'y joindre un beau hussard et un pain d'épice, ainsi qu'il convient à un bon père. Adieu, cher Erasme, porte-toi bien! »

Elle se tourna du côté de la muraille et s'endormit. Spikher prit le petit Erasme et le serra contre son cœur; mais l'enfant se mit à crier si fort, que son père le replaça sur le lit, et s'en alla courir le monde.

Il rencontra un jour un certain Pierre

Schlémihl qui avait vendu son ombre ; tous deux voulurent voyager de compagnie, de manière qu'Erasme Spikher eût jeté l'ombre nécessaire, tandis que Pierre Schlémihl eût fourni le reflet pour deux ; mais il n'en fut rien.

POST-SCRIPTUM
DU
VOYAGEUR ENTHOUSIASTE

Quelle image se dessine dans ce miroir? — Est-ce bien la mienne? — ô Julie — Giulietta — ange du ciel — esprit de l'enfer — extase et torture — désirs et désespoir! — tu vois, mon cher Théodore Amédée Hoffmann, qu'une puissance obscure, étrangère, entre dans ma vie, trop souvent hélas pour mon repos; et privant mon sommeil de ses rêves les plus doux, jette sur mon chemin d'étranges figures. Plein encore des apparitions de la nuit de Saint Sylvestre, je suis bien tenté de croire que le conseiller de justice était vraiment une poupée de sucre candi, tout son cercle un étalage pour la foire de Noël ou pour le nouvel an, et l'aimable Julie, enfin, ce portrait séduisant de Rembrandt ou de Callot qui priva de son reflet le pauvre Erasme Spikher; daigne me le pardonner!

Les deux premières parties de ce conte, traduites par Gérard de Nerval, sont inédites en librairie. Elles ont paru pour la première fois dans le Mercure de France au XIXe siècle, *tome XXXIV, 1831, sous la signature de Gérard. Il faut regretter que l'écrivain français dont la sensibilité fut aussi près de celle d'Hoffmann n'ait pu terminer la traduction d'un des plus beaux contes du célèbre fantaisiste allemand. Nous avons, pour compléter l'œuvre inachevée, utilisé parmi les nombreuses traductions d'Hoffmann celle qui nous a paru le plus conforme au génie de cet écrivain et à celui du traducteur des deux premières parties. Cette traduction est celle de Théodore Toussenel, parue pour la première fois chez Lefèvre, libraire à Paris, en 1830.*

CET OUVRAGE, ACHEVÉ D'IMPRIMER LE QUINZE JUIN MIL NEUF CENT VINGT ET UN, SUR LES PRESSES DE R. H. COULOUMA, A ARGENTEUIL, H. BARTHÉLEMY, DIRECTEUR, A ÉTÉ TIRÉ A SIX CENT DIX EXEMPLAIRES, SAVOIR : DIX EXEMPLAIRES SUR VIEUX JAPON, NUMÉROTÉS DE 1 A 10, CINQUANTE EXEMPLAIRES SUR HOLLANDE, NUMÉROTÉS DE 11 A 60 ET CINQ CENT CINQUANTE EXEMPLAIRES SUR PAPIER LAFUMA TEINTÉ, NUMÉROTÉS DE 61 A 610.

N° H. C.

www.ingramcontent.com/pod-product-compliance
Lightning Source LLC
LaVergne TN
LVHW020321230826
846091LV00003B/737

* 9 7 8 2 3 2 9 2 1 8 0 1 4 *